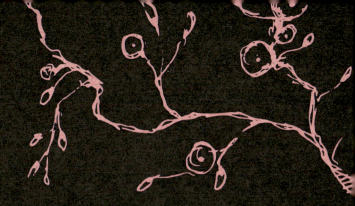

Desculpe o exagero, mas não sei sentir pouco

GEFFO PINHEIRO
@relicariodeexp

astral cultural

Copyright © 2022, Geffo Pinheiro
Todos os direitos reservados à Astral Cultural e protegidos
pela Lei 9.610, de 19.2.1998. É proibida a reprodução total ou parcial
sem a expressa anuência da editora. Este livro foi revisado segundo
o Novo Acordo Ortográfico da Língua Portuguesa.

Editora Natália Ortega
Produção editorial Esther Ferreira, Jaqueline Lopes, Renan Oliveira
e Tâmizi Ribeiro
Preparação Pedro Siqueira
Revisão Letícia Bergamini e Luisa Souza
Capa Agência MOV
Ilustração contracapa Bruna Andrade
Foto do autor Géssica Paiva

Dados Internacionais de Catalogação na Publicação (CIP)
Angélica Ilacqua CRB-8/7057

P719d   Pinheiro, Geffo
        Desculpe o exagero, mas não sei sentir pouco / Geffo
Pinheiro. — Bauru, SP : Astral Cultural, 2022.
   144 p. : il., color.

ISBN 978-65-5566-278-8

1. Literatura brasileira I. Título

22-5610   CDD B869

Índices para catálogo sistemáticos:
1. Autoajuda

BAURU
Rua Joaquim Anacleto
Bueno 1-42
Jardim Contorno
CEP: 17047-281
Telefone: (14) 3879-3877

SÃO PAULO
Rua Augusta, 101
Sala 1812, 18º andar
Consolação
CEP 01305-000
Telefone: (11) 3048-2900

E-mail: contato@astralcultural.com.br

Quando se conhece o Geffo que existe por trás da sua página no Instagram, a @relicariodeexp, acontece algo curioso: os textos ficam ainda mais bonitos. Isso acontece por causa da sinceridade que a gente enxerga ali. Essa sede que ele tem por falar de amor é sincera. É coisa dele. É o jeito dele. Faz parte dele. Me lembro que uma vez eu falei que o carinho é a forma que Geffo encontrou para lidar com o mundo. E acrescento: faz parte do seu trabalho ajudar o mundo a não esquecer de amar.

Francisco Ramai

Apresentação

Este singelo livro tem o propósito de inspirar aqueles que por algum motivo deixaram de acreditar nas sutilezas do amor. Entendo que nessa vida passaremos por vivências amargas que vão querer tirar a nossa esperança e bagunçar a nossa vontade de sentir boas conexões, e que até mesmo vivenciaremos relações que vão distorcer o que temos de mais formoso, o nosso amor-próprio. No entanto, nestas páginas, vou fazer com que antes de tudo você sinta segurança consigo, com que volte a conseguir enxergar onde realmente há afetos benéficos, e que assim você volte a crer no amor. Esta é uma obra cheia de incentivos e histórias para que o leitor não esqueça que o amor pode se manifestar de diversas formas.

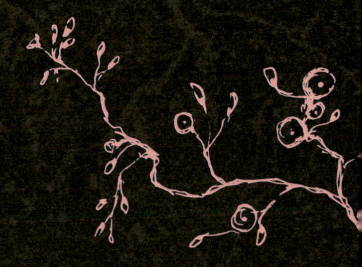

PARTE UM

Antes de tudo, acredite em você

Você é o protagonista mais importante da sua carreira

Depois de tantos machucados ocasionados por experiências confusas e após quebrar a cara em relações em que você apostava tudo, porém não recebeu nada, é comum desacreditar no amor. Além disso, o mais complexo é ficar sem crer em você. A situação chega a ser tão desanimadora que parece que instala na sua essência um sentimento de fragilidade, como se você fosse incapaz de amar e de se apreciar. Você passa a achar que todo mundo é igual, e que em algum instante vão te prejudicar de novo.

Essas impressões ficam tão vivas em seu coração, que a insegurança toma conta de todo o seu ser. Mas a banda não pode tocar dessa forma; a trilha sonora de sua vida tem que ser outra, por sinal uma harmônica canção de final feliz de filme. Use os elos afetivos que deram errado como degraus para retomar o seu poder, passe a depositar fé em você, desengavete sonhos que deixou pra trás.

Não é porque um dia alguém fez você acreditar que eles não eram possíveis que você tem que aceitar isso. Siga construindo a sua maravilhosa trajetória como o protagonista de sua caminhada. Uma relação positiva acontece quando você sabe exatamente o encanto que é, e que não é qualquer um que vai estacionar em sua estrada.

Ame-se

Ame cada pedacinho seu,
contemple cada curva,
respeite suas marcas,
admire seus avanços,
considere seus jeitos e trejeitos,
cultue seu espírito perseverante,
zele por tudo de bom que te rodeia,
adore os seus sorrisos bobos,
aprecie o templo que é o seu corpo.
Valorize seus sonhos,
elogie suas transformações,
honre a sua história viva,
enalteça a sua alma,
agrade os seus gostos,
prestigie suas conquistas,
bata palmas para o seu caráter.
Goste caprichosamente da pessoa que é e está
se tornando. Nunca é tarde pra se apaixonar por si.

Um beija-flor cochichou em seu ouvido avisando que está na hora de florir

O momento agora é pra você se embelezar.

Vá diante daquele velho espelho que por muito tempo refletiu uma pessoa que você desconhecia, se olhe da ponta do cabelo ao mindinho do pé e diga em voz alta: "Eu sei do meu valor e ninguém pode me desmerecer".

Vista a sua alma resiliente com aquela blusa de cor serena pra reforçar que a vida deve ser feita de paz.

Ponha aquele calçado resistente pra te recordar de que a estrada é longa, mas é para a frente que se ama.

Traje-se com aquela calça largada, que vez ou outra você usa, só pra te lembrar de não permanecer em relações em que te deixam largada, você não é pessoa pra ser desprezada.

Por fim, borrife seu perfume floral e vá em linha reta ao seu encontro.

O seu novo eu merece ser cuidado feito um jardim.

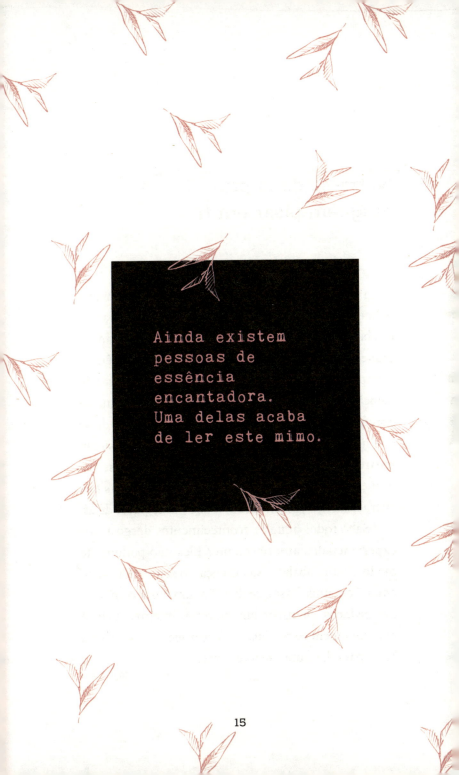

Ainda existem
pessoas de
essência
encantadora.
Uma delas acaba
de ler este mimo.

Nutra-se de si pra ninguém pisar em ti

Procure se tornar um ser humano forte emocionalmente para que ninguém mais desorganize a paz e a estabilidade que você levou tempo para alcançar. Jamais esqueça que você é o chefe da sua própria existência. Compreenda que você não precisa ficar implorando atenção de quem só te oferece ausência, especialmente porque você deve ser a sua melhor companhia. Não deixe que nenhuma pessoa se escore em você para te sugar, repare em todos os movimentos ao seu redor e use sua intuição assertiva para conseguir visualizar essas tais energias densas, assim você aprende a se esquivar delas.

Sabe todos aqueles acontecimentos desgostosos experienciados anteriormente? Eles não podem, de modo algum, abalar a sua crença no seu potencial de amar. Tem uma frase que diz: "Em um mundo onde só dão pedaços, eu insisto em querer os inteiros". Utilize essa passagem como guia para se orientar: você veio à Terra para desfrutar de inteirezas.

Não queira pouco se você é muito. Os erros de antes são golpes certeiros de aprendizados para você melhorar a cada dia. Chega de dar desculpas, sobretudo a você. Pare com alguns lamentos, inclusive para quem não merece. Comece a dizer não quando a energia não for legal e foque em você. Se for preciso, desacelere; às vezes, pra se transformar em alguém consideravelmente consistente é preciso dar alguns passos pra trás.

A fim de que ninguém te desestabilize, saiba se aproveitar, não perca tempo com o que não tem sentido ser vivido, a vida é feita no hoje. Se você acha que esse lance de ficar se colocando pra baixo chama atenção, saiba que isso não é nada positivo, no fim das contas só afasta e revela ainda mais quanto você é frágil emocionalmente, sendo que você por si próprio pode ser o seu maior pilar. Pessoas que querem desarrumar o teu ninho interno sempre vão existir, mas elas não te farão desistir. Você tem mais garra do que pensa, ache a sua potência.

A vida é um eterno florescer

Flor
é ser!

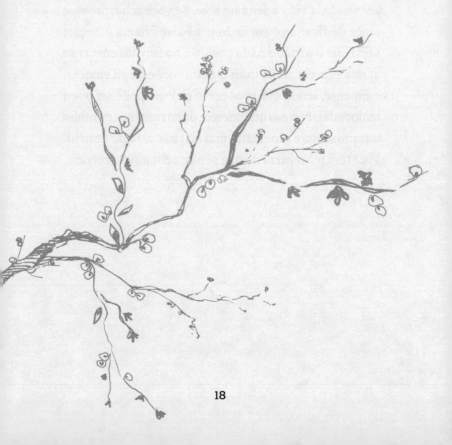

Por trás de toda armadura, existe amor; é preciso saber desnudar

Independente das afiadas cicatrizes tatuadas em
seu ser,
se ame do jeito que é.
Elas são as lembranças que formam o seu escudo.

Encontre-se

Ao despertar em uma manhã ensolarada de uma terça-feira aleatória, arrisque se convidar pra sair,
pegue o seu celular,
ignore todas as notificações possíveis
e vá sem desvios na sua conversa,
sem mais nem menos, marque um encontro pra logo mais à noite,
assim você pode se preparar melhor para esse date especial.

Em meio às atividades rotineiras durante o dia, vá pensando naquele look atrevido pra mais tarde.

O clima de hoje é pra vestir liberdade.

De agora em diante você vai se arrumar pra te agradar, quem quiser é que se agrade com o seu bom gosto.

E sem tardar o sol vai se pondo e com isso você vai pondo os seus mais largos sorrisos,
a oportunidade agora é sua.

Escolha um lugar despojado, sem muita sofisticação, mas que seja autêntico pra te fazer fixar na mente que você não precisa de muito pra ser feliz,

basta ter por perto vivências verdadeiras e ricas de bons sentimentos.

Sirva-se à mesa de suas novas realidades.

Um prato bem nutritivo para combinar com sua fome de querer ir em busca das suas valiosas metas, sem que te atrapalhem.

Uma bebida forte pra brindar o seu recomeço.

E, pra finalizar, uma sobremesa simples com o intuito de facilitar o seu entendimento de que antes de amar alguém é preciso se amar.

Pague a conta e coloque essa programação mais vezes na sua agenda.

Estar bem consigo é o que define os melhores encontros da vida.

Não permita
que relações
azedas
destemperem
a doçura
da sua alma.

Você é o relacionamento mais longo da sua vida

Tem fases em sua jornada que foram feitas pra estar só.

É entrar num reality show da vida real e se dar conta de que o único participante naquele ambiente é você. Nele você vai viver uma temporada desafiadora se reeducando tim-tim por tim-tim, aprendendo a se cuidar. As provas que vão te lançar no decorrer da programação foram desenvolvidas unicamente para você. A partir de então, o momento é para você aprender com o silêncio, fazer as pazes com o seu coração ou até mesmo perdoar a quem nunca te pediu perdão.

Existem fases em sua jornada que vêm pra te mostrar a solitude. Não é porque às vezes o outro lado da cama está vazio que isso é sinônimo de solidão. De agora em diante, o momento te pede pra ser gentil com você mesmo. Não existe um salvador do seu contentamento, pois você deve ser o seu próprio bem-estar. Reconecte-se com seu interior. Vá se reconstruindo aos poucos, eliminando vícios e consertando o que for necessário. Tudo que deu ruim antes, sejam pessoas, circunstâncias mal resolvidas ou casualidades, foi pra te trazer de volta a você mesmo. O amor sincero que você sempre deu aos outros é o amor que você precisa se dar a partir de hoje. Está na hora de você ser o campeão de sua jornada sabendo que o seu maior prêmio é estar em harmonia consigo.

Tem fases que não são exatamente para amar alguém, mas para se amar, tem a ver com ter discernimento para entender que em todas as fases da vida, acompanhado ou não, é você que tem que ser a sua mais adorável presença.

Você é a sua maior fortaleza

Essa é uma boa época para reformar o seu lar,
mudar algumas certezas de lugar.
Alguns móveis emocionais estão muito acabados;
é preciso remover a poeira de suas lembranças.
Muita coisa anda meio desbotada,
tinja as paredes com cores mais vivas,
troque o piso pra saber por quais terrenos andar,
substitua os cadeados e as chaves do coração,
pois o hóspede que chegar
vai ver uma alma em mudança
e alguns cantos da casa ainda terão vestígios de
bagunça, mas é certo que essa sua nova versão já vai
estar mais esplêndida, mais decidida.

Transformações

Aposto que você já não reconhece quase nada na pessoa que era uns anos atrás. É que você tem a mania de estar em constante transformação, faz parte da fluidez do seu âmago. Algo em sua fervente genialidade se nega a ser igual ao ontem. De alguma maneira, existe aí dentro uma sede de querer ser melhor e ansiar o melhor.

Seu apetite é de leão,
deseja sorrisos,
tem fome de horizontes,
está interessado em bagagens,
almeja o mundo,
quer sentir sempre mais e mais
e um tantão de outras coisas.

Se uma pessoa te conheceu a partir do que você era há um tempo, é provável que essa pessoa não te conheça mais. Algumas miudezas vitais à essência permanecem, mas o seu todo está em constante mudança e evolução. A cada dia você se torna uma versão melhor de si mesma.

Deixa eu
te contar
um segredo:
você vai ter
inúmeras
felicidades
na vida.

Enquanto duvida do seu potencial, há pessoas extasiadas com o quanto você é brilhante

De repente, sai no jornal uma matéria a seu respeito. De imediato você ri desconcertada e, ao ler, pensa: "Não tenho conteúdo para estar ali". Mas, por curiosidade, você começa a ver a publicação e percebe que é uma justa homenagem a ti.

A notícia diz:

"Ela é uma pessoa magnífica,
tem uma simplicidade admirável no coração.
Aonde chega faz a festa,
tem uma bela embalagem e um bom teor,
tem delicadeza e selvageria.
É desastrada, mas tem um charme indomável,
dança do seu jeitinho e tudo bem.
É linda na fila do pão às 6h30 da manhã ou numa festa de formatura,
carrega um tom sutil de sensualidade
e uma alma tagarela, o termômetro que aponta o quanto ela é viva."

Tem gente que acredita em você, que te estampa numa capa de revista só por você ser quem é. Saiba identificar essas pessoas e nunca deixe de crer na figura ilustre que você é.

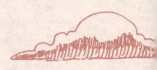

Você é oceano
profundo,
não se contente
com arrecife

Mergulhe em seu
amor-próprio
pra não se afogar
em amores rasos.

Mantenha
distância
social de
quem não
te trata
como alguém
essencial.

O amor é toque em si, e não touch screen

Ponha seu amor-próprio no alto-falante.
Silencie as vozes externas que ensurdecem.
Coloque-se em modo avião para se ouvir melhor
e vá ser feliz.

Solta

Às vezes você pensa que é amor,
mas é só dor.
Deixe ir quem não sabe o seu valor.
Tem perda que é ganho.

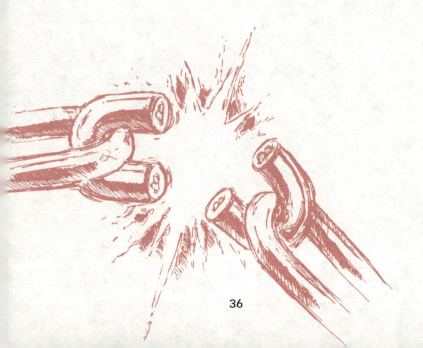

Perca quem for,
só não se perca de si

Você já superou tempestades, mentiras,
desprezos e rejeições.
Já ficou preso a pessoas "erradas".
E, de tanto se perder, encontrou saídas.
Mais de uma vez teve que juntar todos os pedacinhos
dentro de si para voltar a sonhar, ou melhor, a voar.
Sempre aprendeu com os obstáculos,
as injustiças e os tropeços.
Mas, apesar de todos esses tormentos,
nunca deixou de amar com sua melhor vontade.

Relatos de quem foi tão tirada do sério e agora só quer a graça de estar bem consigo

Recentemente ela descobriu a tranquilidade e a importância de ser só, porque no fim, de uma maneira ou de outra, todos partem para viver o seu próprio destino, e no geral só resta a gente. Ela não tenta mais caber onde não tem espaço para a vastidão de sua singularidade. Atualmente consegue identificar mais rápido o que pode ser uma ilusão, ou o que não tem qualquer coerência ser vivido. Já amou muitas pessoas que não a amaram da mesma forma, já recebeu profundas insensibilidades, era cobrada por coisas que o outro nem sequer fazia, já se perdeu de si tentando encontrar quem não tinha valor. Arriscou inúmeras vezes impressionar, porque pensava que essa era a melhor solução, mas no final bateu a cara em muros gigantes de aprendizados. O sorriso de independência que você vê que ela tem agora é proveniente das várias quedas. Foram os tombos que a fizeram assimilar com lucidez que as preliminares de uma boa relação é ser uma eterna companheira de si própria. A partir do instante em que foi criando maturidade, organizou um sistema interessante de seletividade; só quer em seu círculo pessoas que a amem com honestidade. Ela sabe, sim, partilhar o seu tempo com gente que vibra frequências agradáveis, que parecem com as dela, mas sabe melhor ainda curtir o seu próprio eu, se arrumar pra si, se isolar internamente pra obter forças, sabe se divertir sem ter ninguém próximo. De fato, é uma deusa. Dessas que está sempre se aprimorando.

Feche os olhos,
mire em si
e enxergue
as infinitas
possibilidades.

Você move marés, afetos e trajetos

Olhe para você,
é tão fascinante,
tão vibrante,
tão singular,
sua beleza é tão deslumbrante
quanto o esplendor da lua cheia.

"Primeiro eu"

"Depois nós"
— disse você.

Para recomeçar, volte a se amar

Sempre haverá uma nova chance de se reinventar,
de escrever um novo início,
de recriar outros caminhos
pra reacreditar.
Não se culpe por começar de novo.
Quem nasceu pra ser esperança
vai sempre ser dono do seu próprio destino,
pois não para de ver alternativas.
Se a fogueira apagou, vá lá e renasça das cinzas.
Se a música parou de tocar, vá lá e concerte.
Se o sol deixou de brilhar, vá lá e pinte-o.
Se não há amor, vá lá e seja.
Para crer no amor novamente,
é preciso aceitar quem você é,
é preciso confiar em si
e acima de tudo acreditar no seu talento de amar-se
e amar sempre como se fosse a primeira e última vez.

Para uma alma que vive a sonhar, pesadelos não vão acordá-la

Tem amores vividos
que não vão tirar a potência da sua plenitude em seguir pulsando amor.

Aos amores que te gritaram, esses não vão calar as suas emoções.

Aos amores que foram prisões, esses não vão algemar as suas asas.

Aos amores que te deram invernos, esses não vão esfriar o seu caloroso jeito de ser.

Aos amores que foram metades, esses não vão fragmentar o seu desordenado, mas completo, coração.

Aos amores que foram somente palavras, esses não vão fazer você descrer em atitudes reais.

Aos amores que ficaram no tempo, esses não vão te parar para o novo.

Aos amores que te fizeram chorar, esses vão ver o seu sorriso de muito longe e vão notar a ótima pessoa que você sempre foi.

Aos amores que te envelheceram dez anos em um,
o que fica são as boas doses de amadurecimento.
Continue sonhando com os deslumbres do amor.

Entenda os seus processos

Um dia você é uma pequena lagarta,
no outro é casulo
pra só depois ser borboleta.
Você não acorda já sabendo voar,
tudo no seu devido tempo;
crescer
é
viver
um
dia
por
vez.

Pra viver um bom amor, seja um amor bom pra você

Não se entregue a alguém sem estar em dia com você.
Não procure quem te completa, busque alguém que te complementa.
Não ofereça prioridade se você não é preferência.
Não dê presentes a quem está preso a passados.
Não chova afeto em quem prefere teto.
Não seja "eu e você" antes de saber o valor de ser só "eu".
Não seja morada pra alguém de segunda a sábado se você só se visita aos domingos.
Não se ponha dentro da caixinha do esquecimento.
Você é quem deve estar no controle dos seus trilhos.

Gente boa
como você tem
uma coisa que
jamais se compra:
consciência
tranquila.

Tem voo que é pra dentro

Então decidiu voar,
mas não para fugir,
e sim se reencontrar.

Autenticidade

Apresento a você a pessoa mais bonita de todas.
Que continua sonhando mesmo que a vida
não seja um conto de fadas.
Que quando tem algo pra falar, fala na cara.
Que já recebeu migalhas, mas de alguma forma
nunca deixou de dar amor.
Que quando ri, ri de verdade.
Que quando chora, chora dilúvios.
Que é sem meios-termos; ou congela ou pega fogo.
Que pode estar com alguém, mas está sempre bem
em sua própria companhia.
Apresento a você a pessoa de lindeza inigualável.
Que quando sente, não mente.
Que não se molda
entre a maioria por ser diferente.
Essa pessoa é a que está lendo esses versos.
Seja sempre o amor de si próprio.

Seja sempre o amor de si próprio

Sei que você ainda espera um amor que não sabe ao certo se existe, mas, enquanto isso, continue sendo o amor da sua própria vida.

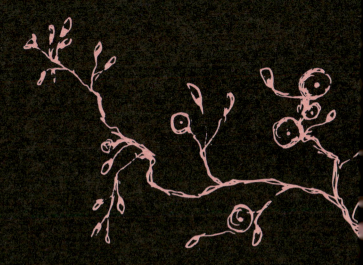

PARTE DOIS

Cartas que contam memórias de amor

CARTA UM

Pérola do sol

Para pérola do sol, escrito em alguma madrugada.

Quando era mais jovem, conheci uma deusa que mudou por completo o rumo da minha vida. Éramos ingênuos adolescentes e, embora já tivéssemos tido outros breves namoricos no passado, o nosso sublime encontro precisava ter acontecido. As músicas que romantizamos pra nós tinham que ser eternizadas. Os abraços que demos tinham que ser dados. As cartas por vezes afiadas, por vezes perfumadas que escrevemos um para o outro tinham que ter nos emocionado. Os choros necessitavam ser vividos, pois creio que somos a soma de todas as potências que já vivemos. É certo que toda vivência tem um propósito. E entre sorrisos e amarguras, entre erros e acertos atrasados, nos relacionamos por alguns anos. Por ironia do destino ou escolhas tortas, hoje não estamos mais juntos, já vai fazer quase uma década que nossos caminhos se separaram. Nesse meio-tempo escrevi incontáveis páginas de amor pra ela, guardei dentro de um relicário sentimentos sinceros, anunciei pro universo inteiro saber quanto a amava e a amo. Pois é, eu ainda amo essa pérola preciosa. A gente nem se fala mais, não falamos mais a mesma língua. Alguns podem dizer que é dependência emocional da minha parte, mas eu digo que amar alguém quebra essa linha de raciocínio de tempo e espaço. Amar é desejar o melhor, mesmo que esse melhor não nos inclua. Hoje eu não sei como ela está, dizem que ela está muito bem e evoluindo em sua carreira. Então, como eu não vou sorrir? É automático, é algo que me deixa saltitando de alegria. Se ela estiver casada e feliz, vou achar lindo, porque a felicidade dela é a minha também. É como eu sempre digo e não vou cansar de dizer: é pra frente que se ama. Poucos vão entender, mas amor é isso, é querer o bem incondicionalmente. Não temos mais um elo romântico, mas o amor pode ir muito além disso.

CARTA DOIS
A letra A do alfabeto

Sempre pensamos que temos toda maturidade do mundo e que o nosso relacionamento seguinte vai ser pé no chão. O que esquecemos é que toda relação é diferente, e foi exatamente o que aconteceu comigo ao embarcar nessa nova história. Me apaixonei por uma garota que carregava uma estranheza atraente e estranhamente não conseguia tirar os olhos dela. Nossas primeiras aventuras foram dotadas de muita magia e beijos doces com gostinho de quero mais. Não me cansava de dizer o quanto ela era formosa. Só que nesse texto, por incrível que pareça, quero falar de um tipo de amor anormal. Pois essa foi a relação mais complicada que tive nesses meus trinta anos. Então amor e complicação são sinônimos? Não diretamente. Mas o que se pode extrair da relação em si faz com que se descubra o que é amor. Nossa história foi um arsenal de diferentes comoções. O que era mel foi ficando ácido. Não era fácil, mas buscava sempre dar o meu melhor. Fui apoio, fui compreensão, fui erro tentando acertar, fui ação... Mas bati em um muro gigantesco. Foi aí que aprendi que quando amamos, fazemos coisas inimagináveis pra pessoa ficar bem, por mais que não deem em nada. Você já amou alguém por quem arriscou tudo, mas não ia pra frente? Acho que a maioria já viveu algo pelo que arriscamos o possível e o inadmissível pra ver quem amamos bem, pra ver o relacionamento prosperando. Mas não tivemos êxito. Então constatei duas coisas. A primeira é que amar é entregar-se. É encurtar dificuldades, adaptar-se, buscar entender o outro e, mesmo quando não compreender, apenas abraçá-lo. O segundo aprendizado, por sinal o principal, é que tive, sim, alegrias, mas a relação como um todo foi assustadoramente tóxica e me empurrou goela abaixo um baita ensinamento: me amar acima de tudo. Pensar, sim, no outro, mas primeiro pensar em mim. Eu posso viver essa relação? Eu sei lidar com essa pessoa? Será que não estou tentando caber em um recinto que não me suporta? Isso é bom pra mim? Eu sou bom para o outro? Foram tantos questionamentos.

Criei minhas próprias palavras de efeito, meus próprios textos de superação e descobri que não me permito mais morar de aluguel em relações doentes. Converti toda dor em amor, amor-próprio. Avante.

22 de fevereiro de 2020

CARTA TRÊS

O amor é sem regras

Olá, obrigado por me mostrar que o amor pode vir na forma de uma pessoa. Obrigado por me mostrar que o amor não tem regra, formato ou jeito certo. Obrigado por ser presente mesmo que às vezes estivesse distante geograficamente. Obrigado por me mostrar a luz no fim do túnel. Obrigado por mostrar a real definição de amizade.

Obrigado por ser o amor que queríamos e sentimos. Obrigado pelo experimento contínuo. Obrigado pela nossa evolução. Obrigado por me mostrar que posso ser eu mesmo. Obrigado por me mostrar que não necessitamos de aprovação para amar. Obrigado por me mostrar que o amor não é invisível. Obrigado por me fazer me amar ainda mais.

De alguém que te ama.

2 de fevereiro de 2022

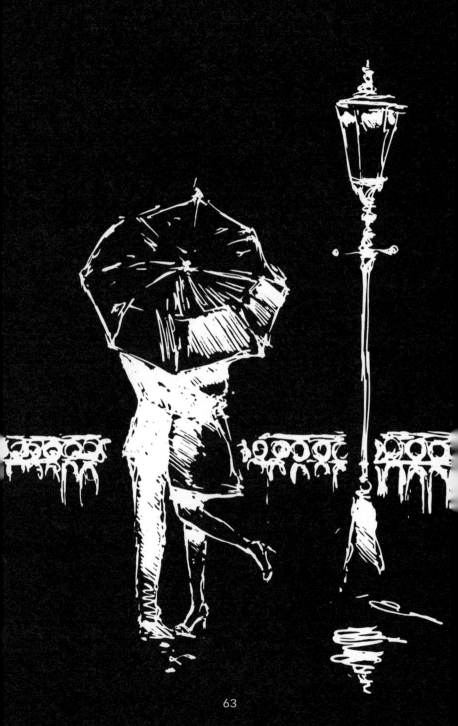

CARTA QUATRO

Minha estrela cadente

Alegam que é quase impossível duas estrelas se colidirem.

Parece que é um fenômeno sem explicação que acontece de séculos em séculos.

Sempre pensei que eu fosse uma estrela teimosa que caiu do céu aqui na Terra,

passei tempos acreditando que em algum momento iria trombar com outra

e presenciaríamos um choque de radiantes vivências.

Querida, você tem brilho.

Por mais que às vezes você se sinta tão perdida quanto eu, você cintila.

Suas risadas, por vezes espalhafatosas e por vezes tímidas,

me mostraram que tudo pode ser um pouco mais brando quando sorrimos.

É uma estrela abarrotada de sonhos,

o tamanho da sua fome é o tamanho da sua alma luzente.

Quando duas estrelas se chocam, os temores não podem mais tomar conta do espaço,

o clarão é tão exorbitante que nada pode pará-lo.
Continue assim, resplandecente,
deixe ser guiada pelo que sente.
Prossiga usando como bússola os seus sorrisos
e as suas vontades de dar a volta por cima,
essa é a sua maior elegância.
Uma estrela que brilha
de forma diferente.
Vá, enfrente.
Você é importante para minha luz.

Com ternura, sua estrela

CARTA CINCO
Ao meu futuro amor

Ao meu futuro amor.

Talvez você demore um pouco para chegar, mas sei que vamos viver uma fabulosa história de amor. Vai ver você ficou engarrafado em algum trânsito insano, ou quem sabe ainda esteja vivendo o luto do seu último envolvimento. Quando eu menos esperar, você vai me dizer um tímido "olá" e eu vou sorrir como se já te conhecesse há muito tempo.

Supostamente a gente já vinha flertando nas minhas promissoras imaginações. Sinto que a nossa futura crônica de amor já está escrita em algum desses romances que, ao que tudo indica, ainda não viraram best-sellers.

Será um amor descontraído, sem os holofotes de acontecimentos bombásticos.

Nosso foco será eternizar uma coleção de costumes singelos. Vamos nos aventurar no hoje como se não houvesse amanhã. Vamos nos escrever bilhetes e deixar pelos armários da casa, dizendo: "Adoro você", "Te quero mais que tudo". Vamos tomar sorvetes no centro da cidade, onde frequentemente você pedirá o de baunilha e eu o de tapioca ou milho verde, pois sempre ficarei na dúvida. Vamos sair desfilando pela rua esbanjando gargalhadas sutis. Você vai enroscar seu braço no meu, enquanto a outra mão levará o nosso cachorro que não para quieto. Eu acredito no prestígio desse nosso amor. Vamos erguer o nosso discreto império. Sei que não estou delirando, então apareça e toque lentamente os meus lábios.

Ao amor que está por vir, exprimo o meu sincero "eu te amo", mesmo sem ter visto ainda os seus latentes olhos.

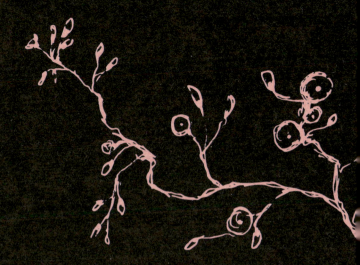

PARTE TRÊS

Inspiração

Você já está comigo em algum lugar do tempo

Sexta à noite!

Onde você está?

Você está vestindo amarelo-creme?

Será que também está pensando em mim em alguma varanda no centro da cidade?

Num rolê em que nem queria estar?

Ou simplesmente em sua cama?

Ainda não conheço o seu cheiro, não sei a sua cor preferida, não sei seu signo, mas espero que não seja aquário ou gêmeos,

acho que não condiz muito comigo.

Só queria você aqui, com a cabeça no meu peito dizendo um "eu te quero pra sempre" duradouro. O que eu desejo contigo é um elo tão leve quanto um caminhão de brinquedo lotado de algodão.

É de mim querer o que parece estar ultrapassado

Insisto em preferir os clichês.

Gosto do romantismo imaginário dos filmes, da melosidade de um bom carinho do dia a dia.

Me amarro em dar e receber singelas declarações.

Gosto de ser guiado pelo balanço da rede a dois e ali ficar até sermos envolvidos por meigos cochilos.

Me agrado com uma noite improvisada maratonando Netflix, embaixo de um edredom e um cafuné.

São as sutilezas...

Desde a juventude, sou encantado por encontros que se eternizam na praia, junto de um piquenique e um violão.

Me fascina abrir o celular e lá ter uma cuidadosa mensagem de atenção.

Embora os clichês estejam escassos, eu ainda os prefiro.

Quero um amor
que eu habite

Aspiro por um amor de hábitos raros.

Quero acordar com a alegria de puros bons-dias, como se fosse um despertador sereno que toca toda manhã o som da sua voz sussurrando no meu ouvido.

Quero os seus aromas nas minhas camisas, que demorarei alguns dias para lavar, só pra te ter um pouco mais perto.

Quero o sabor de um amor recíproco, como dizem os poetas otimistas.

Quero a breguice de uma caneca de café com nossa foto e nossos nomes impressos nela.

Quero pôr no álbum do meu íntimo todos os seus detalhes.

Quero você na maioria das horas, com exceção de algumas, assim você não enjoa do meu jeito desajeitado.

Tenho uma lista de quereres atípicos, você topa?

Agentenasceupratájunto

Meu bem querer,
esse nosso amor é louco,
parece que fomos feitos um pro outro.
Somos como goiabada e leite moça,
rede e preguiça,
festa infantil e brigadeiro,
domingo à noite e disk pizza.
Olha, esse nosso chamego é loucura,
traz cura.
Somos tipo friozinho e seriado,
caldo de cana com pastel,
praia com sol,
lagoa e pedalinho.
Ai, ai, são tantas combinações que as
diferenças ficam sem saber o que fazer.
Vem cá,
vem estremecer
o meu ser.

O amor é movimento

Que o nosso amor seja incontáveis instantes
e que não fiquemos parados,
esquecidos no tempo como decorações de estante.

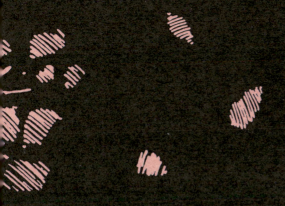

Desculpe o
exagero,
mas não sei
sentir pouco.

Vez ou outra, quem quer amar acha quem quer amar

Por onde você anda? Qual a cor dos seus cabelos? Castanho-claros? Grisalhos? Ou azul descolorido?

Talvez você esteja agora mexendo no celular, mas bem que poderia estar mexendo no meu coração, embaralhando intenções.

Quero saber mais de você, me conta?

Você tem medo de ficar no escuro?

Você põe músicas tristes quando está pra baixo e acaba ficando mais deprê? Eu sim.

Dias chuvosos te fazem refletir sobre situações em que nem sequer precisa mais pensar?

Diga que vitamina de abacate é melhor do que de banana. Diga que você tem uma afeição sensível por plantas vivas e não aquelas de plástico.

Sentimentos artificiais não compatibilizam muito comigo.

Inclusive, você quer amar de fato?

Então vamos!

Em tempos
de crush,
sou exceção
à regra:
prefiro ter
um xodó.

Pense bem se quer me amar, pois não sei se sei amar

Vou estar contando os minutos para te ver igual criança quando sabe que vai ao parque no fim de semana.

Vou abandonar a pilha de louças que tenho de lavar só pra ir mais rápido te encontrar.

Vou sempre deixar o pedaço maior da cama pra você.

Vou te cheirar enquanto dorme, mesmo que você não se dê conta.

Vou falar de você para o povo com a alegria de quem conseguiu o primeiro emprego.

Vou sentir saudades antes mesmo de a gente se despedir.

Vou te levar a bosques calmos, cinemas, festivais e bares alternativos.

Tem certeza de que você quer viver comigo?

Vou te fazer os meus melhores pratos para você ter fome dos nossos encontros.

Vou estar sempre correndo contra o tempo só pra ter tempo pra você.

Vou paralisar o ponteiro do relógio para você envelhecer comigo.

Vou cantar pra você mesmo sem saber cantarolar, quem sabe assim você se apaixone pela minha ousadia.

Vou querer te levar para desfrutar as mais belas paisagens, e no futuro, quando voltar a esses lugares, por mais que você não sinta falta de mim, será inevitável não se lembrar da gente.

Quem sabe esse seja o meu jeitinho de amar, não sei.

Só amo.

Amar é dançar com o seu par mesmo sem saber bailar

Nossos acasos estavam dançando afoitamente por aí, então despretensiosamente eles se esbarraram. O meu acaso encontrou o teu acaso e foi como o sol que abraça o horizonte todo no fim de tarde num enlace épico que o planeta inteiro admira. Eu quero você. Seu signo de fogo aquece a minha água, e, assim, nos banhamos juntos. Um banho de levezas, de belezas e de amor.

O amor existe
pra quem acredita

Você sempre esteve em meus esperançosos pensamentos.

Nunca desacreditei que você poderia estar distraída em alguma parte dessa multidão terrestre.

A possível tampa da minha panela.

Eu confesso que te procurei nos pubs, entre as prateleiras dos supermercados e nas festas mais variadas e esquisitas,

porém sem muito sucesso.

Escutei que precisamos passar por outros amores, pra só então viver aquele amor que é tipo a "manteiga do meu pão".

Então, sem atrasos, você chegou em câmera lenta,

mas com uma ardente vontade batendo no seu interior.

Quando guardei as expectativas,

você veio devagar, igual tartaruga que acabou de nascer e corre valentemente pra alcançar o mar.

Eu sabia que você existia.

Nosso magnetismo não é à toa.

Venha, baby,

vamos nos agarrar freneticamente e fazer inveja ao sol com o nosso calor.

Vamos sentar naquele alpendre regados a boas prosas e cerveja, e esquecer que o ponteiro do relógio se mexe.

Vamos ter duas crianças,

se for menino, você escolhe o nome,

se for menina, eu escolho.

Quero que ela se chame Pitanga.

Vamos enrugar a alma lado a lado.

Sempre sonhei com você,

por isso, tenho medo de te perder,

não por posse, e sim pelo que você significa.

Te quero,

b

a

b

y

Somos espelhos um do outro

Coração acelerado, vontades agitadas
e essas tais borboletas que não param de fazer folia
na minha barriga.
É bom saber que você está sentindo a mesma coisa,
então, na calada da noite,
vem o nosso primeiro beijo,
inesquecível, mágico, supimpa
nos enche de eletricidade e nos transforma em um
único ser.
O amor brotou ali.
Você é ar, eu sou pulmão
e assim nosso amor ganha vida.
Sempre soube que o impossível era somente coisa de
gente que desiste ao jogar na loteria vinte vezes, sendo
que o prêmio viria na 21ª.

Paixão é ponto de ebulição

Meu bem,
vamos caminhar de mãos dadas por aí.
Nas orlas, nas pracinhas do interior, onde quiser.
Tenho pressa de você, tenho urgência em viver, a vida passa a mil quilômetros por hora e por isso o agora não pode ser desperdiçado.
Sabe, meu bem,
não é por nada, mas com você eu quero tudo.
Vamos experimentar o mundo.
Vamos andar sorridentes
por aí afora,
registrando muito mais na memória
do que nas redes ilusórias.
Por tudo que é mais sagrado, não vamos ser o casal que imita a solidão dessas residências de veraneio em baixa estação.
Vamos viver um amor com a intensidade de um vulcão em erupção.

Sinais

Ontem à noite,
revelei para o céu
tudo o que faria por você
e por trás de uma nuvem
a lua surgiu sorrindo.

Amar é ceder

Talvez o amor seja generosidade. Recordo-me que namorei com uma moça que adorava festa à fantasia. Eu nunca gostei desse tipo de ocasião, mesmo assim, certa vez, aceitei com todo apreço o convite para acompanhá-la e ainda passei três horas na fila para comprar os ingressos. Acredito que amar seja abrir mão de vivências justificáveis. É fazer com que a outra pessoa se sinta extremamente feliz por uma circunstância única. No final, me senti muito bem ali, ao ver que ela sorria e sapateava de alegria. Aprendi que tem coisas que a gente pode, sim, proporcionar que não vão fazer cair um pedaço de nós. Até hoje conto sobre esse dia para manter acesa a ideia de que o amor é uma atitude nobre.

Você chegou por acaso
e ficou de propósito

Você é bem inteligente, né?
Viu a obra-prima que sou e
foi logo se aproximando de fininho.
Eu que também não sou besta,
ao te ver encantadora,
fui me abrindo.
É tão bom ver que a gente se adora,
é tão bom ver se formando o nosso ninho.
Eu tenho sorrido tanto ultimamente,
muito mais do que de costume,
culpa dos efeitos que você causa em mim.
Obrigado por ficar.

Gosto mesmo
é de prioridade,
pois opção
nunca me faltou.

Somos dois pontinhos na imensidão do céu azul

Vou chamar a nossa revolucionária paixão
de "liberdade".
Veja como somos livres pra ser quem somos,
pra dizer o que queremos falar,
pra expressar o que sentimos,
sem algemas, rótulos, protocolos e máscaras.
Espero que a nossa insurgente persistência em ser
amor nunca finde.
Nesses tempos de amores-gaiolas,
somos os rebeldes que escolheram viver
como pássaros soltos.
Nos queremos ao além e além,
vamos ser asas em era de penas,
vamos voar para onde desejarmos ir.

Meu amor

Temos
que
nos
procurar
em
outras
vidas,
porque
uma
só
vida
será pouco pra nós.

Amor vem em forma de cuidado

Lembrei daquela primavera em que fiquei doente e você como um anjo cuidou de mim.

Enquanto estava acamado, você corria audaz para elaborar antigas fórmulas medicinais.

Achou uma horta, colheu boldo, fez chá.

Gritou às amigas por ajuda, e logo aprendeu a fazer soro caseiro.

O que me encheu os olhos é que você não é formada em medicina, mas com amor foi me curando.

Cozinhou pratos diferenciados,
organizou melhor o ambiente para repouso
e ficou ali de prontidão.

Foi nesses dias de setembro que pude sentir ao pé da letra o significado de amor.

Obrigado!

Quem me quiser,
queira com tudo

Sou exigente.

Se me quiser, terá que ser com todos os meus centímetros quadrados,

desde o meu pezinho estranho à intimidade da minha essência,

dos dias em que falo pelos cotovelos

aos dias de silêncio,

dos meus ápices de MPB aos meus momentos de forró das antigas,

das minhas cobiças de conhecer todos os hemisférios ao meu igual desejo de estacionar numa casinha pacata, rodeada de verde e do som de água se remexendo.

Minha dignidade me fez ser meticuloso com as escolhas que faço pra mim.

Quero ser e me sentir um privilégio pra alguém com a mesma certeza com que o sol se põe todo entardecer.

Meu combustível
de vida é
saber que ainda
pulso amor.

O amor é mesmo detalhista

É incrível como você me conhece tão precisamente.

Sabe dessa minha invencível crença em amar.

Sabe a data do meu aniversário e faz questão de lembrar.

Sabe quando estou chorando sem derramar lágrima.

Sabe do meu esquisito apelido de infância.

Sabe o que me deixa em picos de impaciência.

Sabe que detesto que marquem comigo e não apareçam.

Sabe da vez mais trágica que partiram meu coração e não me julga.

Sabe que só gosto de coca-cola se for com gelo e limão.

Sabe que minha série preferida é *O Conto da Aia*.

Sabe que tenho pavor de baratas voadoras.

Sabe onde está a maioria dos meus sinais, aquele da virilha, aquele atrás da minha orelha, sabe de cada um.

Minha nossa senhora, o amor é mesmo atento.

Somos dois sóis se mirando

Hoje mais cedo,
vi o girassol
acompanhando o sol
e reparei que amar
é movimentar-se
na mesma direção.

Eu quero sim

Sem sombra de dúvidas eu quero, sim, dividir a minha vida com um grande amor,
mesmo sem saber se daqui a três anos não vou sentir mais as mesmas risadas.

Se vamos ser tomados pela falta de tempo dos nossos empregos e quanto isso nos abalará.

Se as programações de fim de semana já não vão ter mais o mesmo entusiasmo.

Eu quero, sim; mesmo achando que o depois pode ser assim, totalmente diferente do agora.

Será que daqui a uma década as paredes ainda terão inveja do nosso sexo? Será que resistiremos até a velhice?

Eu não sei, mas eu quero, pois em nosso sangue corre a eterna juventude.

Nos imagino em duas cadeiras de balanço trançadas, em nosso lar cheio de filhos e netos contando as suas conquistas.

É o meu jeitinho de amar, fazer mais do que dizer

Meu amor,
saiba que é de mim
dizer poucos "eu te amo",
e ser muitos "eu te amo"!

Você quebra a lógica dos ditados

Dizem que vontade dá e passa.
Erraram feio,
porque a minha vontade de você nunca acaba.

Clichês

Você concretizou o meu sonho de amar.

Agora posso te tocar e dizer a todos meus amigos que você existe, e não está apenas dentro da minha cabeça.

Escuto a tua voz ecoando pela casa às 14h47 da tarde enquanto eu rego o quintal.

Uma panela de pressão berrando na cozinha preparando o nosso "almojanta".

Vejo porta-retratos com nossas fotos no rack.

Um cão curioso na área e dois gatos esparramados na mesa da sala.

Passo pelo corredor e te fito ajeitando a franja, trampando em seu notebook.

Pisco pra você e vou na quitanda da Maria comprar laranja pra um suco.

Você é real.

Esse cafofo é nosso.

Me entrego sem medo.

Estou em paz.

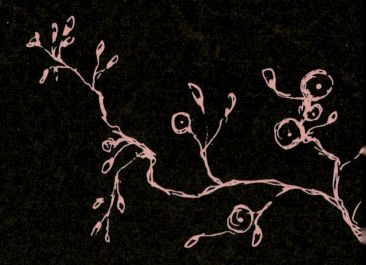

PARTE QUATRO

Você merece um amor bom

O encanto está em como ser presente

A real é que a companhia importa muito mais do que o lugar. Tudo fica saboroso quando a gente está perto de quem ama, seja para o que for, pra conversar na calçada, caminhar no quarteirão, ir no Outback ou simplesmente no espetinho do seu Marcos na rua de casa. O que mais interessa é a presença sincera da pessoa querida. Em resumo, é tudo uma questão de energia, sintonia, prioridade, ânimo de querer estar entrelaçado. Quando se deseja de corpo e alma, as coisas ficam deliciosas de sentir. A ideia é estar próximo, não deixar de produzir momentos, fazer rolar. É aí, então, que a cozinha de casa vira uma zona de diversão e experimento a dois, que a sala se transforma em um restaurante sofisticado, que as moedas do fim do mês são juntadas, fazendo nascer as recordações mais marcantes. Sempre vai ser a pessoa, não exatamente o lugar. Quando a gente tem uma boa companhia, a gente se sente protegido, mais acolhido, renovado, e é isso que importa.

Uma das maiores funções de compartilhar um amor é prosperar unidos

No fim das contas, só queremos um amor que tenha certeza de que quer crescer ao nosso lado. Sempre acreditei que casal que se empenha junto, cresce junto. É como dois aliados se dando assistência! Sabe... sem muito mistério, só queremos mesmo um relacionamento que seja agradável, sem aquele alvoroço de complicações, junto de uma pessoa que tenha convicção e busca de alguma maneira sempre reafirmar isso. Ter um amor é ter um plantio em que vamos semeando afabilidades, regando cuidados e preparando o solo com confiança. Não existe nada pior do que tentar viver com alguém incerto e inconstante, não dá, queremos distância disso. Ter uma pessoa que nos aplaude no cenário principal das coisas que acontecem conosco é louvável, mas, quando essa mesma pessoa também nos encoraja por trás dos bastidores, isso é majestoso. Evoluir em conjunto é suar juntos, é ter sensibilidade pra encarar e resolver as paradas que vão surgindo, é se ajustar lado a lado, é quando precisar ser um pouco mais rigoroso pro outro entender que alguns percursos não são tão legais como se pensa, tudo isso na base da colaboração mútua, do diálogo racional e da compreensão. Uma das proezas fundamentais em uma relação é olhar pra trás e ver quanto um foi degrau pro outro. É esse o tipo de relacionamento que queremos.

Um grande amor se faz com pequenos gestos.

São os detalhes que dão brilho

O verdadeiro amor está nas atitudes mais simples demonstradas no dia a dia. Está nas coisas miúdas. Está naquela mensagem imprevista no meio do dia só pra descontrair e expressar a falta que faz. Amor verdadeiro é preparar a comida favorita do seu parceiro para agradá-lo. É aquele elogio repentino. É rir das suas piadas, por mais idiotas que elas sejam. É a maneira como você segura na mão de seu par principalmente em

momentos de medo. É deitar numa rede e conversar por horas sobre as intensidades mais empolgantes ou sobre bobagens, tais como contos de Papai Noel. Não deixe pra fazer demonstrações românticas mirabolantes quando ver que está perdendo, faça isso até mesmo quando a relação já está ótima. Afinal, você vai ser lembrado pelas suas condutas minúsculas feitas em momentos inesperados. Gestos raros não têm preço, têm valor. Até uma bela flor tirada do jardim da praça e dada com muito carinho é mais cativante do que tentar impressionar com atitudes caras que sejam apenas aparência. Quem quer te amar verdadeiramente vai te demonstrar isso de forma comum e cotidiana.

É um baú de fortunas ter alguém que se dedica lado a lado às vitórias da vida

Ostentação é ir dormir com um sorriso bobo de felicidade por causa de um amor correspondido. É um luxo divino ter por perto quem não larga de nós mesmo sabendo das nossas características mais estranhas, das nossas dificuldades. Quem, em vez de correr, fica e nos abraça firme, misturando tempestade com tempestade, sorriso com sorriso. Sabe quando temos inúmeras possibilidades, mas só desejamos aquela pessoa porque ela realmente nos trata de um jeito especial? Isso, sim, é riqueza. Há pessoas que conhecemos por alguma eventualidade, mas há outras que precisavam aparecer em nossa vida para mostrar que nem todas são superficiais como as que vemos por aí. Poucos compreendem o que é reciprocidade na íntegra, as conexões estão cada vez mais fracas. Logo, uma das ostentações mais verdadeiras é poder ter com quem contar.

Escolha alguém
que invista
em você como
se tivesse achado
um legítimo
tesouro.

Amar é estruturar tijolo por tijolo

Uma boa relação não cai do céu. É tudo uma questão de construção a dois, procurando sempre o mais aconchegante para ambos. É molhar-se no temporal, abraçar-se para se aquecerem, sorrir para tudo ficar mais ameno e afável. Pode acontecer, sim, de duas pessoas com índoles boas se encontrarem amorosamente na vida, mas o que define um bom envolvimento é se as duas vão querer edificar isso juntas. Um relacionamento fácil não é fácil de vivenciar, mas pode ser cautelosamente construído. Quando as probabilidades te convidarem a viver uma junção de almas, faça dela a relação mais extraordinária que puder. Em linhas gerais, uma boa comunhão é quando os dois avançam na mesma direção, é quando se produz uma base segura, que não cede por qualquer besteira, é quando não se complica o que na prática pode ser tranquilo de resolver, é gerar saudades saudáveis para o abraço demorar mais a cada novo encontro, é explorar bons mecanismos para as duas vidas se adaptarem.

Sempre depois daquela fase agitada da paixão, o que vai desenvolver um bom amor é a forma parceira de um entender o outro, de ser e agir um com o outro, porque a relação não será apenas flores, e nem vai ser do dia para noite que tudo terá um norte. Os espinhos fazem parte da natureza de todo elo sentimental. Tudo deve ser uma constante produção, uma atividade de realizações e resultados que a dupla tem que fazer acontecer. Relacionamento bom é quando a chuva cai densa do céu e mesmo assim os dois permanecem inseparáveis nela.

Há casos e casos

Quando é para ser, o universo dá um jeito de unir novamente. Às vezes é preciso espaço e tempo para as coisas se encaixarem com mais equilíbrio. É que de longe podemos ver com mais nitidez o melhor a ser feito. No geral a conversa sadia sempre será uma boa ferramenta para regular tudo que pode ser melhorado. O que interessa é preservar a chama dos bons sentimentos viva. Quando existe amor verdadeiro, por mais que ele tenha se perdido por algum instante, o que é normal, ainda assim tudo pode ser resolvido, prevalecendo os mais magnéticos risos. E aquele provérbio passa a fazer um pouco de sentido, "quando é amor é pra sempre". Quando a saudade genuína bate nos dois, nada vai parar o êxtase. Quando é para acontecer, o universo dá um jeito, ilumina pensamentos, aquece corações, alinha momentos, faz tudo o que pode para o amor vencer. No final, quem for pra estar na sua vida vai estar.

O amor é atrevido.
Ele não marca
horário, não é de
pedir, e no local
mais improvável acha
um jeito de
nos encontrar.
Para fluir, basta a
gente decidir vivê-lo.

Relacionamento é pra quem tem determinação

Quando você encontrar quem esteja disposto a ficar ao seu lado nessas chuvaradas, não corra, fique e se molhe, porque é uma benção. Como bem se nota, nessa era moderna é bastante conveniente dizer que ama alguém, principalmente nos dias em que o sol está à mostra e tudo é luz, mas ser amado por alguém nas fases de enchente, relâmpagos e trovões — pode crer que esse é o tipo de amor que vale a pena sentir. É nesse momento que você entende mais sobre companheirismo, que estar com alguém deve ser uma aliança, um apoio, uma energia cuidadora! Uma pessoa com esses atos revolucionários pra se estar é aquela que não te abandona por qualquer coisinha, que faz a sua adrenalina ir lá em cima por meio de emoções instigantes, que te incentiva a correr atrás dos teus objetivos, aquela que ao mesmo tempo traz segurança e te faz viver loucuras conscientes. O amor não é uma alucinação que chega avassaladora, o amor vem pra complementar a tua paz. Não se assuste quando a relação for leve, não é porque antes você teve relacionamentos desgastantes que este também será. É maravilhoso ver uma pessoa que quase nunca deu certo no amor satisfeita com alguém. No momento em que você se der conta de que está conhecendo uma parceria que quer te acolher, vá fundo. Do futuro pouco se deduz, mas no presente você pode dar o seu máximo pra viver ao lado de uma pessoa foda, num relacionamento em que um defende o outro, em que os dois se admiram, em que ambos se têm como inabaláveis cúmplices de vida.

Amar em dias ensolarados é moleza, quero ver amar em dias nublados

É fácil amar alguém quando tudo está bem. Mas amar quando as coisas estão difíceis é o que mostra quanto uma pessoa realmente te ama e quer te ver bem. É isso que evidencia quanto você tem significado, que indica quanto essa pessoa está contigo custe o que custar. Alguém pra curtir horinhas de carência, ou se divertir numa festa à toa, tem aos montes em cada esquina, mas alguém que, além de vivenciar os dias doces, também permanece nos ciclos amargos, aí é outro patamar. Qualquer pessoa pode te amar quando você está em alta, naquelas fases afortunadas de prosperidade, quero ver é se ela fica junto quando a insanidade do mundo quer te atordoar, quando você está partido ao meio, quando suas imperfeições se fazem visíveis, ou quando suas outras personas vão aparecendo. Caso você encontre alguém pra toda hora, pra amar em um nível sutil e ao mesmo tempo penetrante, vá lá e se demore nesse laço.

És uma pessoa digna
de ter um love que colora
com amor a íris dos teus olhos

De todos os amores,
você merece um com alma
de arco-íris,
repleto de cores
que acalmam
e espantam as dores.

Assumir é se entregar

É bonito demais quando você tem um amor que é assumidamente apaixonado por você. É de uma beleza e tanto quando você se relaciona com alguém que é amável, que te reconhece francamente e não tem nenhum problema em te deixar a par de todas as áreas de sua vida. A gente quer ser exclusividade, quer sentir interesse, quer saber se está pisando em chão livre de ameaças à paz que a gente atingiu. Postar foto pode ser, sim, um bom jeito de se declarar, mas um jeito radiante de assumir é na prática do respeito, na cooperação, naqueles mimos costumeiros. Não é comum esbarrar nessa qualidade de conexão, por isso que deve ter a devida importância quando for vivida. Se não for pra ter quem te exalte, nem queira começar uma relação. Escutar um "eu te amo" é massa, ouvir de terceiros que seu par falou que você é a melhor coisa da Via Láctea também é extremamente belo, mas quando tudo isso vem acompanhado de ações tocáveis que externam esse amor, o combo é completo.

Encontros raros

Achar numa mesma pessoa paz, responsabilidade afetiva e tesão é uma das melhores coisas que pode te ocorrer. Quando acontecer uma combinação dessa dimensão, se entregue por total, se abra pra essa vivência, porque se te faz suspirar positividades não tem porque ter dúvidas. A pessoa que te excita o íntimo, que anima o teu intelecto e que deixa todo o teu ser atiçado de estímulos é a pessoa a quem faz sentido se apegar. É importante te honrar, tendo sinceridade com você em todos os aspectos. Quem é muito prazeroso com você na hora H, e é melhor ainda no cotidiano, então você só tem a agradecer. Inclusive, a gratidão é uma das mais sedutoras formas de amar. Nada melhor do que se sentir à vontade para ser você mesma e o outro gostar de você do jeito que é, sem expectativas desmedidas, sem cobranças inconvenientes, sem julgamentos. Se não for pra viver um relacionamento macio, não rola. É sedutor ter quem, em um pacote só, possua a capacidade de te levar os mais intensos impulsos, de motivar a sua vontade de se abrir pra uma relação e, acima de tudo, jogar limpo com você.

Quando não e quando sim, a gente sente

No fundo, a gente sente exatamente quando alguém quer fazer uma relação dar certo. Tudo se encaixa com mais clareza, a gente enxerga direitinho que existe uma habilidade responsável em zelar pelo compromisso. O jeito de se dedicar é espontâneo, sem sinais confusos, sem infinitas desculpas, descompromissos ou instabilidades repetitivas. O coração palpita e a razão confirma quando a pessoa está buscando literalmente uma união que dá gosto de ver. Da mesma forma que o instinto aponta quando alguém não está nem aí, ele também mostra quando tem algum tipo de ligação benigna, provida de caráter, à qual podemos nos entregar sem nos preocupar com vacilos. A gente tem noção, sim, quando alguém quer alçar voo com a gente. A relação vai se criando com mais sim do que não. Um se doa e o outro corresponde, o outro abraça e os dois vão tecendo os fios do amor.

:D

É muito bom
ter um amor retribuído.
A gente se pega distraído
e rindo até do vento.

Não é o tempo que define uma relação, é a dedicação, a magia da conexão

Uma hora ou outra você vai conhecer alguém
que em três meses
vai te mostrar por que aquela relação
de três anos
que você tanto tentou
não funcionou.

Você vai amar novamente

Você vai amar novamente. O amor sempre dá um jeito de reaparecer. Mas aí ele volta usando outra roupa. Outro corpo. Outras células.

Outro sobrenome. Em vez de olhos azuis, eles vêm em cor âmbar. O tom da voz vai ser completamente distinto do que te disse promessas um dia. E é esse o grande mistério do universo. Você vai amar mais uma vez, e parece que você vai ter que aprender tudo de novo. Porque o amor vem com novas peculiaridades, um novo sabor, um novo jeito de sentir. Sempre vai ter aquele que te admira e quer somar. Que você aprenda a dominar a arte de eleger a quem te escolhe. Se acostume a ter um relacionamento benéfico. Se ame mais do que tudo pra se deparar com um amor que te ame com tudo.

É tão gostosinho
ter um dengo que
alimenta os nossos
dias com amor.

Beijo na testa é um jeito de dizer: "Estou aqui para o que der e vier"

Você merece um amor que te beije a testa,
olhe fixamente em seus olhos e diga fielmente
que desde a sua chegada tudo está mais colorido.

A'mar

Meta de relacionamento: ter um amor que nos traga boas vibrações de segurança, sossego e que ancore em nosso peito o paradisíaco sentimento de ser um porto seguro. Estamos cansados de naufragar em amores rasos. Chega de gritar "mayday" a cada nova relação frustrada. Queremos navegar por mares de águas pacíficas. Desejamos um amor que seja cais em momentos de caos. Que surja em nossa rota e acaricie tão profundamente o nosso interno que chegue a tocar a nossa pele. Que veleje em nossa vida descobrindo que o amor pode ser um pouco mais suave, passando firmeza, instigando a nossa própria autoconfiança, remando junto, sonhando curiosidades, viajando em nosso abismo e respeitando cada detalhe. Em um oceano de relacionamentos cheios de receios, irresponsabilidades e implicâncias, ter um parceiro que seja o contrário de tudo isso é uma glória gigante. Não queremos a bordo da imensidão que somos quem motiva ansiedade. Vamos usar a esperteza para, se for o caso, só nos comprometer com quem nos favoreça. Com quem alcance as profundezas do nosso infinito particular, com quem entenda os nossos desânimos e não nos critique. Com quem nos conheça tanto que será normal a frase: "Ela não gosta disso". Com quem saiba as nossas bandas prediletas, com quem decore que gostamos do suco de laranja com gelo e sem açúcar. Com quem, se dependesse de nós, iríamos para quase todo lugar de havaianas. Com quem compreenda que é natural acordarmos sem querer muita prosa, mas que esse humor vai passar depois de um café forte, com quem saiba dos nossos receios de nos envolver com alguém novamente, mas não nos dispense, mostrando que tudo pode ser diferente. A'mar é navegar a dois.

Um amor à sua altura

A vida vai colocar em teu caminho um amor determinado a criar com você os momentos mais felizes que se possa imaginar. Uma espécie de amor que vai persistir de uma maneira sadia, revelando que vocês dois podem ser mais fortes juntos. O tipo de pessoa que vai saber aproveitar todo o tempo que tem contigo, usufruindo cada segundo. O estilo de amor que vai te exaltar em circunstâncias clichês: "Tu cozinhas muito bem", "Teu cabelo está lindo assim", "Gosto quando você fala com esse ar sério", "Você fica charmoso com esse pijama".

Você passou certo tempo com algumas barreiras, mas as contingências vão te apresentar uma pessoa que vai te amolecer, como forma de te dizer: "Existe, sim, alguém bacana pra partilhar essa viagem que se chama vida". Relação amorosa é coisa pra gente disposta. Tem que estar na instiga pra querer decorar ainda mais o teu jardim interno. Tem que ter estado de espírito pra apoiar e, se necessário for, lutar. Vai chegar no endereço do seu coração quem te ensine que o amor pode ser redescoberto, transformado em algo que é bom de viver. Gerar momentos com quem se ama é estar em movimento, é promover peripécias, é ser o seu maior evento, é excitar orgasmos, é, em síntese, estabelecer um lugar a salvo para ambos se potencializarem. Esse amor que vai cair de paraquedas na sua vida não será um amor perfeito, mas um amor real, que vai te mostrar que você nunca foi pouco, você sempre foi na medida certa.

Escolha quem te energiza

Você não precisa
desses tipos de amor
que te põem no fundo do poço.
Você merece um mozão
que te eleve a autoestima
lá para o topo.

Não é porque
a gente quer
bastante um
relacionamento,
que a gente quer
de qualquer jeito.

Sentir amor não
é para qualquer um

Alguns dizem que o ódio é o oposto do amor,
outros falam que andam juntos.
Não sei bem.
Sei que o ódio é banal, fácil de sentir.
Já o amor exige uma naturalidade incomum,
todos até conhecem um pouco dele,
mas poucos estão dispostos a vivê-lo.
Parabéns se você sente amor, é pra poucos.

A pessoa certa
é a que te acerta
com um disparo
de afago.

Vendo bem, todo amor é inédito

Cada amor é único,
cada amor é incomparável,
cada amor acontece,
cada amor se constrói de um jeito,
cada amor tem o seu encaixe,
cada amor é uma espécie de surpresa.
Não há uma bula, ou um código para amar,
a gente se descobre a cada encontro.
E por mais que esperemos por um amor,
ele acaba nos pegando desavisados,
ele brota pontualmente.
O que é mais curioso é que sempre poderá
haver uma nova pessoa certa.

A aparência
pode até fazer
aproximar,
mas é a
essência que
faz permanecer.

O amor é crer pra ver

Seria muito egoísmo pensar que não existem pessoas que amam pra valer. Podem estar escassas? Podem. Mas se existe você, que quando ama se entrega, por que não haveria outras? Assim como tem você, há outras exceções prontas para serem esbarradas. Tudo são frequências que, na melhor chance que tiverem, se compõem! O amor não tolera ceticismo, então é fundamental acreditar pra merecer. Acredite em ti e deixe a porta meio aberta para o amor raro entrar sorrateiramente pela brecha.

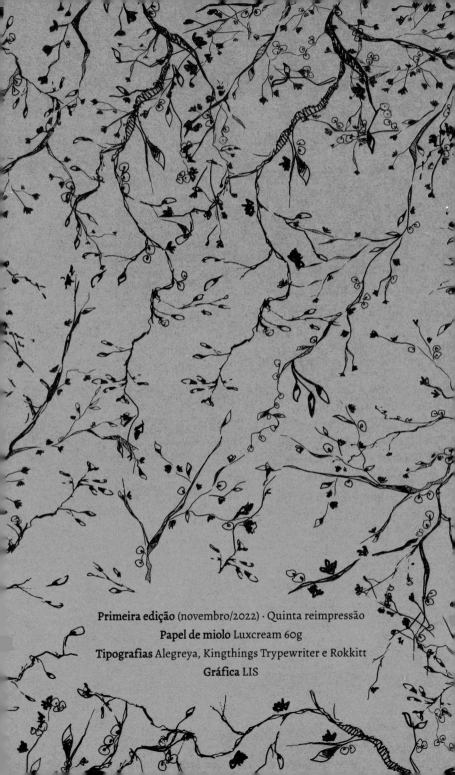

Primeira edição (novembro/2022) · Quinta reimpressão
Papel de miolo Luxcream 60g
Tipografias Alegreya, Kingthings Trypewriter e Rokkitt
Gráfica LIS